ÉRIC SPANO

Eric Spano est né le 17 avril 1965 à Saint-Tropez. Grand amoureux des mots depuis l'enfance, il écrit ses premiers poèmes dès l'âge de 15 ans. Passionné par les sciences, il obtient un Doctorat en physique en 1994 et embrasse une carrière universitaire dans l'enseignement et la recherche.

Mais, animé d'un besoin vital d'exprimer les sentiments et les émotions, l'écriture reste son jardin secret. Au fil des années, son placard se remplit de textes et poèmes comme autant d'exutoires aux peines et aux joies de l'existence.

En 2003, il couche sur le papier ses premiers textes de chansons et devient membre de la SACEM en 2012. Cette même année, il signe avec Frédéric Michelet, un compositeur devenu ami, la maquette d'un album concept composé de 21 titres.

En 2014, il publie *Les mots dits* son premier recueil de poèmes et crée une page Facebook pour en assurer la promotion. Grâce à cette page qui connaît un succès très rapide, il rencontre son public et noue avec lui des liens très étroits.

Actuellement, Éric Spano travaille sur plusieurs projets dont l'écriture d'un deuxième recueil de poèmes et celle d'un roman, et prépare la sortie d'un double CD en collaboration avec Frédéric Michelet. Il continue de publier régulièrement sur sa page Facebook qui compte aujourd'hui près de 11000 fans.

Suivez l'actualité de l'auteur sur internet :

Page Facebook : eric.spano.auteur
Chaîne YouTube
Site officiel : www.ericspano.net

TOUT DONNER
ET PARTIR

DU MÊME AUTEUR

LES MOTS DITS, recueil de poèmes et chansons, 2014, éditions BoD.

ÉRIC SPANO

TOUT DONNER ET PARTIR

Nouvelle

BoD

©2017 Éric SPANO

Éditeur : BoD - Books on Demand,
12/14 rond-point des Champs Élysées,
75008 Paris, France
Impression : BoD-Books on Demand,
Norderstedt, Allemagne
ISBN : 978-2-322-10120-7
Dépôt légal : décembre 2017

« Avant que de tout perdre
il vaut mieux tout quitter. »

ROGER ALLARD

« Si j'en avais la force,
Je partirais seul, loin de tout,
Je planquerais sous l'écorce
Mes rêves d'amour un peu fous.
Dans la chaleur épaisse
D'une terre sauvage,
Je transformerais en sagesse
L'amertume et la rage.
Mais je n'ai pas la force,
Alors, je cherche encore, essoufflé,
Un peu d'amour et de vérité,
Quelqu'un qui pourrait m'aimer.

Si j'en avais la force,
Je cesserais d'attendre
Qu'on puisse me comprendre.
Si j'en avais la force,
Je n'attendrais plus rien
Que la douceur du matin.
Mais je n'ai pas la force,
Alors, je cherche encore, étourdi,
Un peu de sens à ma vie,
Quelqu'un qui serait mon ami.

Si j'en avais le courage,
Je partirais pour me retrouver,
Et déchirerais quelques pages
D'une vie gribouillée.
Dans des contrées lointaines,
Chauffé par le soleil,
J'enterrerais mes peines
En regardant le ciel.
Mais je n'ai pas le courage,
Alors, je cherche encore, étonné,
Un peu de bonheur à partager,
Quelqu'un qui saurait m'aimer. »

ÉRIC SPANO

TOUT DONNER ET PARTIR
Nouvelle

Les bénévoles d'Emmaüs avaient mis la matinée pour vider la maison. Le camion débordait de meubles, d'appareils électroménagers, de télévisions, d'ordinateurs, de matériel Hifi, de livres, de vêtements… Alexandre n'avait rien gardé.

La veille, il avait vendu sa vieille voiture, vidé et fermé tous ses comptes bancaires. En tout et pour tout, il avait récupéré environ dix-mille

Euros en liquide. Après vingt ans passés derrière la paillasse de son laboratoire, ce n'était pas grand-chose. La recherche publique ne payait pas son homme…

Avant de repartir, le chauffeur remercia une nouvelle fois Alexandre pour ce don hors du commun en lui assurant que son geste allait faire le bonheur de nombreuses familles. Piqué par la curiosité, il ne put s'empêcher de lui demander quelles étaient les raisons qui le poussaient à tout abandonner ainsi. En guise de réponse, Alexandre se contenta de lui serrer la main en esquissant un sourire. Comme le bonhomme insistait, il finit par lâcher d'un ton détaché : « ce qui n'est pas nécessaire n'est pas utile… » Décontenancé par cette assertion, le chauffeur démarra son camion en se disant que, décidément, cet homme était bien mystérieux.

En début d'après-midi, l'état des lieux fut plié en moins d'une heure. Sylvie, la responsable du service location de l'agence immobilière voisine, félicita Alexandre pour l'état impeccable de la maison. Après qu'il eut remis les clefs et posé sa signature sur les différents documents, elle lui demanda s'il n'avait pas changé d'avis concernant le chèque de remboursement de la caution. Il lui répondit que non, et la pria à nouveau de bien vouloir l'adresser aux restos du cœur quand tous les comptes auraient été bouclés.

Sylvie acquiesça sans faire de commentaires. Elle avait tellement de questions à poser qu'elle n'en posa aucune. Partir, tout quitter, couper les ponts avec le système, elle y avait déjà songé, mais elle n'en avait jamais eu le courage. Alexandre récupéra son sac à dos et prit congé. Elle le regarda s'éloigner avec un sentiment mêlé d'admiration et d'incompréhension.

En marchant vers le centre-ville, Alexandre retira la carte SIM de son *smartphone*, la jeta dans la première poubelle, et initialisa le processus de remise à zéro de l'appareil.

Quelques minutes plus tard, il s'arrêta devant le portail de Mme Da Silva, une dame qui effectuait de temps en temps quelques heures de ménage chez lui. Il s'était pris d'affection pour cette mère courage qui élevait seule son fils de quinze ans après le décès brutal de son mari. Elle enchaînait les petits boulots, mais avait beaucoup de mal à joindre les deux bouts. Son fils, José, souffrait en silence de cette situation, mais ne réclamait jamais rien à sa mère.

Alexandre s'assit sur le muret d'enceinte de la petite maison. De la poche latérale de son sac à dos, il sortit une enveloppe à bulle qui contenait les dix mille euros en liquide, le solde de tous ses comptes. Il retira deux billets de cinq-cents qu'il rangea dans son portefeuille, puis glissa son *smartphone* avec les neuf-mille euros restants. Avant de cacheter l'enveloppe et de la déposer dans la boîte aux lettres de Mme Da Silva, il ajouta un petit mot griffonné en vitesse sur son calepin :

Mme Da Silva,
Je viens de quitter ma maison. Je pars et ne reviendrai certainement jamais. Je suis conscient que ce départ précipité vous enlève quelques heures de ménage sur lesquelles vous comptiez pour boucler vos fins de mois. Aussi trouverez-vous dans cette enveloppe de quoi compenser ce manque...

Je sais que vous ferez bon usage de cet argent — il est parfaitement légal, soyez sans crainte ! Levez un peu le pied, faites-vous plaisir, et gâtez José. Il le mérite.

Le smartphone, *c'est pour lui. Je sais qu'il rêvait depuis longtemps de remplacer son vieux Nokia. Ces copains ne se moqueront plus de lui maintenant !*

Vous êtes une belle personne. Ne laissez pas la vie vous abîmer...
Avec toute mon amitié,
Alexandre Moreau.

Alexandre ne s'attarda pas devant la maison de Mme Da Silva. Il ne voulait en aucun cas risquer de la croiser, elle ou son fils. Devoir expliquer son choix, entendre des remerciements pour son geste, voir des larmes couler, c'était au-dessus de ses forces.

Arrivé devant la poste, il sortit d'une poche de sa veste un paquet de courrier à expédier, composé d'une dizaine de lettres de résiliation dénonçant ses différents contrats et abonnements, et d'une lettre de démission destinée à son employeur.

Alexandre glissa le paquet dans la fente de la boîte aux lettres, sans toutefois le lâcher. Il resta un moment ainsi, comme pétrifié par la portée de son geste. Il savait que lorsqu'il laisserait tomber les enveloppes, il ne pourrait plus revenir en arrière.

Il se souvint alors des raisons qui l'avaient poussé à agir ainsi, et ses doigts se relâchèrent. Voilà, c'était fait ! Maintenant, il ne possédait plus rien. Rien d'autre que les quelques affaires dans son sac à dos et quelques centaines d'euros. Il n'était plus lié à rien ni à personne. Il ne devait rien. Il n'attendait rien.

Il n'avait plus rien… donc il avait tout !

Il se sentit soudain envahi par un immense sentiment de liberté qu'il n'avait jamais connu auparavant. Les myriades de tentacules que la société greffe sur chaque individu n'avaient plus de prise sur lui. Il leur avait coupé les vivres. Il était aussi libre qu'un écrivain débutant un nouveau roman. Il pouvait écrire l'histoire qui lui plaisait, mélanger les chapitres à sa guise, ou ne rien écrire si tel était son désir.

Il n'avait plus d'autre prétention aujourd'hui que celle d'exister. Exister pleinement. Prendre la route. Rencontrer les gens. Partager. Vivre, tout simplement.

Ne plus être possédé par ses possessions, mais prendre possession de sa vie. Il avait passé de nombreuses années sur les bancs de l'école, mais jamais personne ne lui avait enseigné cela. Il avait fallu qu'Alice meure pour qu'il entame ce cheminement intérieur, dans la souffrance.

Alice était l'amour de sa vie, l'autre moitié de lui-même. Chaque jour en se réveillant, il bénissait le ciel de l'avoir rencontrée. À eux deux, ils formaient une trinité : elle et lui, et leur bulle d'amour et de joie. Dans cette bulle magique, il se sentait capable de surmonter toutes les épreuves, d'affronter toutes les tempêtes. Surtout, et c'était là l'essentiel, il était pleinement heureux. Il pouvait rester des heures allongé près d'elle, sans dire un seul mot, et se sentir en harmonie avec la terre, le ciel, l'Univers tout entier. Pour elle, il se sentait capable d'une infinie et douce patience. Elle était celle à qui il aurait pu tout pardonner.

Le matin où Alice se tua dans ce stupide accident de voiture, Alexandre mourut avec elle. Non point d'une mort physique, mais d'une mort intérieure. La pire qui soit. Son agonie fut lente et douloureuse. Une sorte de cancer de l'âme contre lequel on ne peut rien, qui vous ronge un peu plus chaque jour.

Des sept phases habituelles du deuil – choc, déni, colère, tristesse, résignation, acceptation, reconstruction – il resta bloqué au stade de la résignation.

Avec le temps, cette résignation se transforma en apathie, puis l'apathie se transforma en indifférence. Il ne souffrait plus, mais il ne ressentait plus rien. Il ne pleurait plus devant

Forrest Gump et ne riait plus devant *Les visiteurs*. Il n'éprouvait plus aucune émotion.

De l'extérieur, rien ne se voyait. Son entourage pensait même qu'il avait tourné la page. Il travaillait et assumait ses responsabilités. Il mangeait, il dormait. Il avait une vie de façade, des gestes qu'il répétait comme un robot. Il semblait vivant, mais il était bel et bien mort à l'intérieur. Il ne cherchait pas la mort physique, mais si elle était venue le chercher, il aurait trouvé cela normal. L'intérieur et l'extérieur se seraient alors mis au diapason.

Avec le temps, l'image d'Alice s'effaça petit à petit. Son esprit la combattait pour survivre. Au point qu'un jour les souvenirs des intenses moments de bonheur passés avec elle étaient devenus extérieurs à lui-même. Il savait qu'ils avaient existé, mais il n'arrivait plus à imaginer que c'était lui qui les avait vécus. Jamais il n'avait refait sa vie. Les enfants qu'il n'avait pas eu le temps de faire à Alice, il n'imaginait pas un instant les avoir avec une autre. C'est avec elle qu'il voulait fonder une famille, et aucune autre femme n'aurait pu la remplacer.

Ce *no man's land* émotionnel le conduisit avec les années, d'abord par dépit, puis ensuite par conviction, à remettre sa vie en question. Il était poussé intérieurement à se débarrasser du superflu pour aller vers l'essentiel. Le chemin de sa guérison passait par là. Son ego participa sans trop de résistance au dessein de son inconscient. Après tout, puisqu'il n'attendait plus rien de la vie, il pouvait bien se débarrasser de tout !

Alexandre devait faire une dernière chose avant de prendre la route. Une chose qu'il redoutait plus que tout.

Devant le cimetière, tout son corps se mit à trembler. Il hésita un moment, puis se décida à franchir le portail. Depuis le jour de l'enterrement, il s'était juré de ne plus revenir dans cet endroit maudit où il avait dû abandonner sa bien-aimée dans un trou sinistre. Ne plus revenir ici, c'était sa manière à lui de nier l'évidence de sa mort.

Sur la tombe d'Alice, Alexandre se sentit tout à coup submergé par un flot d'émotions incontrôlable. Pour la première fois depuis près de dix ans, il se mit à pleurer. Des larmes chaudes montaient du tréfonds de son cœur pour venir mourir au bord de ses yeux, emportant avec elles ses peines et ses douleurs en les offrant aux cieux.

Le visage d'Alice envahit son corps tout entier. Cette image qu'il avait enfouie pendant tant d'années pour ne plus souffrir, l'inondait à nouveau. Les souvenirs qui revenaient en masse n'étaient plus douloureux. Seul persistait ce sentiment d'Amour intense. Un Souffle pur et puissant qui remplissait tout son être.

Alexandre dit une dernière fois au revoir à Alice. Il savait maintenant qu'au bout de son voyage, quand son heure serait venue, il la retrouverait dans le monde des âmes. Il savait qu'elle l'accompagnerait durant son périple, que leurs destins étaient liés à jamais, de toute éternité, et cette certitude remplit son cœur d'une joie indescriptible.

La douleur de perdre Alice l'avait conduit à tout abandonner. Tout abandonner l'avait ramenée à lui...